LES CHANTS

DU

RÉVEIL

<hr>

Cantiques populaires.

<hr>

PARIS

IMP. LIEVENS, 81, RUE DE L'OUEST

— 1879 —

LES
CHANTS DU RÉVEIL

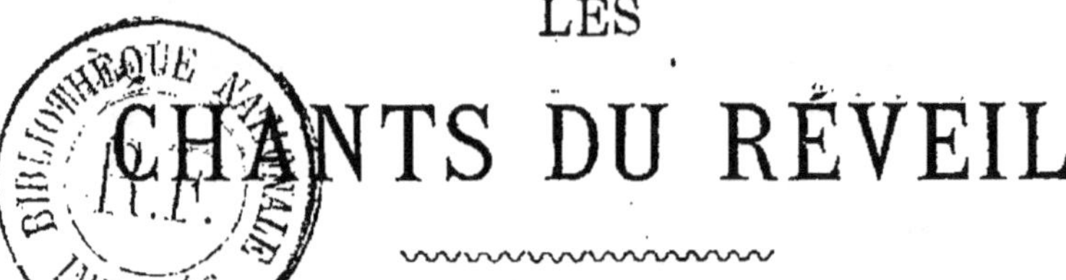

1. — VOULEZ-VOUS VENIR ?

1 Nous voulons marcher vers le ciel :
    Voulez-vous venir ?
  Jouir d'un salut éternel :
    Voulez-vous venir ?
Des milliers de pécheurs déjà sont arrivés :
Tous leurs maux, leurs travaux sont passés, ou-
  Mais tous, oui, tous sont conviés : [bliés ;
    Voulez-vous venir ?

2 Là nous serons heureux, joyeux !
    Voulez vous-venir ?
  Là plus de larmes dans nos yeux !
    Voulez-vous venir ?
La couronne de gloire sera sur nos fronts ;
Dans l'amour du Sauveur nous nous glorifierons :
  Nous chanterons, triompherons !
    Voulez-vous venir ?

3 Nous vous en dirons le chemin,
    Voulez-vous venir ?
  Ne renvoyez pas à demain :
    Vous devez venir !
Vos péchés sont nombreux : oh ! tombez à genoux !
Implorez le pardon du Dieu saint et jaloux !
  En Christ ce pardon est à vous :
    Vous pouvez venir !

4 Oh ! si quelqu'un disait ce soir :
    « Oui, je veux venir !
  A l'instant même, et plein d'espoir,
    Oh ! je veux venir !

Vers la mort et l'enfer je ne marcherai plus :
Je veux suivre plutôt le chemin des élus.
Je veux le ciel ! Je veux Jésus !
Oui, je veux venir ! »

---

2. — LES VOYAGEURS.

1 — Par ce chemin solitaire,
Voyageurs, où courez-vous ?
— Vers une nouvelle terre
Que Dieu prépara pour nous.
Par delà plaines et cimes,
Vers ces demeures sublimes,
Amis, venez avec nous !

2 — Dans cette terre nouvelle,
Voyageurs, qu'espérez-vous ?
— Une couronne immortelle
Que Christ mérita pour nous.
Là, toujours en sa présence,
Plus de larmes, de souffrance ;
Amis, venez avec nous !

3 — Bien faible est votre cortége ;
Quels dangers affrontez-vous ?
— Le Tout-Puissant nous protége,
Et son Ange est avec nous.
L'Eternel est notre égide ;
Nous avons Jésus pour guide ;
Amis, venez avec nous !

4 — Trouverons-nous de la place ?
Ce bonheur est-il pour nous ?
— Venez ! En ce jour de grâce,
Le ciel est ouvert pour tous.
À la source de la vie
Dieu lui-même nous convie ;
Amis, venez avec nous !

3. — VENEZ AU SAUVEUR.

1 Venez au Sauveur qui vous aime,
Venez, Il a brisé vos fers ;
Il veut vous recevoir lui-même,
Ses bras vous sont ouverts.

Chœur : Oh ! quel beau jour, Sauveur fidèle,
Quand, nous appuyant sur ton bras,
Dans la demeure paternelle
Nous porterons nos pas.

2 Venez, pécheurs, Il vous appelle,
Le bonheur est dans son amour.
Ah ! donnez-lui ce cœur rebelle,
Donnez-le sans retour. — *Chœur.*

3 Le temps s'en va, l'heure s'écoule.
Qui sait si nous vivrons demain ?
Jésus est ici dans la foule ;
Ah ! saisissez sa main. — *Chœur.*

4. — LA TERRE PROMISE.

1 Nous allons sûrement au pays de la vie,
Patrie du bonheur et royaume d'amour.
Vous qui marchez encor sans Dieu dans la folie,
Oh ! dites, voulez-vous y venir dès ce jour ?
Voulez-vous, *(ter)* oh ! voulez-vous ?
Oh ! dites, voulez-vous y venir avec nous ?

2 Dans ce séjour de paix, les soupirs de la terre
N'altéreront jamais un bonheur infini.
O vous qui languissez au sein de la misère,
Oh ! dites, voulez-vous y venir aujourd'hui ?
Voulez-vous, etc.

3 Là plus de pauvreté, mais l'immense richesse,
L'héritage de gloire, et le Dieu tout amour.

Jamais de maladie, et jamais de tristesse.
Oh ! dites, voulez-vous y venir dès ce jour ?
   Voulez-vous, etc.

4 A chacun sa demeure arrêtée à l'avance,
  Préparée avec soin, prête à le recevoir.
  Jésus en donne aux siens la joyeuse assurance.
  Oh ! dites, voulez-vous y venir dès ce soir ?
    Voulez-vous, etc.

5 En avant, pélerins, à la terre promise !
  Elle est là devant vous, bientôt vous y serez.
  Déjà vous la voyez du regard de Moïse !
  Vous allez posséder ce que vous espérez !
    Nous venons, *(ter)* oui, nous venons !
  Ce soir Dieu nous appelle, et ce soir nous venons !

---

5. — LA SOURCE DU BONHEUR.

1 O vous qui n'avez pas la paix,
  Venez, Jésus la donne
  Pure, profonde et pour jamais..
  Venez, Jésus pardonne.

  Quand toi seul remplis un cœur,
  Il déborde de bonheur,
  Et l'effroi ne l'atteint plus.
  Oh ! venez à Jésus !

2 Vous qui tombez à chaque pas,
  Venez : Jésus délivre ;
  Celui qui se jette en ses bras
  Peut à toujours le suivre.

  Quand Jésus remplit un cœur,
  Il déborde de bonheur ;
  Car il ne chancelle plus.
  Oh ! venez à Jésus !

3 Vous qui doutez du lendemain,
  Venez, Jésus rassure ;
  Pas à pas, la main dans sa main,
  La route devient sûre.

  Quand toi seul remplis un cœur
  Il déborde de bonheur.
  La crainte ne l'atteint plus;
  Oh! venez à Jésus !

---

6. — LE REGARD DE LA FOI.

1 Regarde, âme troublée, au Mourant du Calvaire ;
    Regarde au Christ, sur la croix élevé.
  C'est là qu'est ton Sauveur; contemple-le, mon
    Un seul regard, et sois sauvé!   [frère;
      Regarde et crois !
  La vie et le pardon descendent du Calvaire..
      Oh! regarde à la croix!

2 Pourquoi fut-il frappé par les foudres divines,
    Pourquoi fut-il sur le bois attaché,
  Pourquoi son front sacré fut-il meurtri d'épines,
    Sinon pour toi, pour ton péché?
      Regarde et crois !
  Pour lui la mort, pour toi les promesses divines.
      Oh! regarde à la croix!

3 Tu ne peux effacer par ton sang ou tes larmes
    Ton long oubli de la divine loi;
  Pour vivre et triompher, il n'est pas d'autres armes
    Que l'humble regard de la foi.
      Regarde et crois ! -
  Jésus, divin Soleil, dissipera tes larmes ;
      Oh! regarde à la croix!

---

7. — UNE BONNE NOUVELLE.

1 Une bonne nouvelle
   Descend des cieux !
Pécheur, Jésus t'appelle :
   Lève les yeux !
Chargé de ta misère,
De tes péchés confus,
Viens à Jésus, mon frère,
   Viens à Jésus !

2 Ce bon Jésus lui-même
   Te racheta ;
Il montra comme il t'aime
   A Golgotha.
Au sang qui purifie
Les cœurs souillés, perdus,
Que ton cœur se confie.
   Viens à Jésus !

3 Celui que Jésus lave
   De son péché,
Au dur joug de l'esclave
   Est arraché.
Jésus, qui te pardonne
Te dit : Ne pèche plus !
Son Esprit il te donne ;
   Viens à Jésus !

4 De sa miséricorde
   Jésus fait don ;
A qui croit il accorde
   Un plein pardon.
Hâte-toi, le temps passe,
Passe et ne revient plus !
Aujourd'hui, jour de grâce,
   Viens à Jésus !

5 Viens, que rien ne t'arrête,
  Viens à l'instant ;
Ta délivrance est prête ;
  Jésus t'attend.
En lui si tu veux croire,
Tes péchés ne sont plus,
Et tu peux chanter : Gloire,
  Gloire à Jésus !

---

8. — SOURCE FÉCONDE.

1 Source féconde,
  Salut du monde,
Le sang de Christ est répandu.
  Ce divin Frère
  Sur le Calvaire
Est mort pour l'homme perdu.

Chœur : Oui, je puis croire,
  Oui, je veux croire
Que Jésus-Christ est mort pour moi.
  Sa mort sanglante
  Et triomphante
Me rend libre par la foi !

2 En Jésus joie !
  Il est la voie
Qui nous mène toujours au but.
  Jésus pardonne ;
  Il n'est personne
Qu'il repousse du salut. — *Chœur.*

3 Jour mémorable
  Pour le coupable !
Le malfaiteur près de Jésus
  Trouve sa grâce,
  Sainte, efficace,
Sa part avec les élus. — *Chœur.*

4 Du fils la fête
    Est toujours prête ;
Le festin de noce est pour nous.
    Il nous invite ;
    Entrons de suite ;
Goûtons son accueil si doux. — *Chœur.*

9. — OH! QUEL AMOUR!

1 Jésus est notre Ami suprême.
    Oh! quel amour !
Mieux qu'un tendre frère il nous aime.
    Oh! quel amour !
Ici parents, amis, tout passe ;
Le bonheur paraît et s'efface.
Son cœur seul jamais ne se lasse.
    Oh ! quel amour !

2 Il est notre vie éternelle.
    Oh ! quel amour !
Célébrons son œuvre immortelle.
    Oh! quel amour !
Par son sang notre âme est lavée.
Au désert il l'avait trouvée ;
Dans son bercail il l'a sauvée.
    Oh! quel amour !

3 Il s'est offert en sacrifice.
    Oh! quel amour !
Nous bénir est tout son délice.
    Oh! quel amour !
Qu'à sa voix notre âme attentive,
Toujours en paix, jamais craintive,
Près de son cœur saintement vive !
    Oh! quel amour !

10. — JE VIENS A TOI.

1 Je viens à toi misérable,
  O Jésus, Agneau de Dieu !
  Mais tu reçois le coupable,
  Et ta mort m'ouvre les cieux.
  Je t'apporte une âme impure,
  Succombant sous son péché :
  Ton sang lave ma souillure,
  Et me rend la liberté.

2 Je t'apporte ma faiblesse ;
  Mieux que moi tu la connais.
  Je t'apporte ma tristesse,
  Et tu me donnes ta paix.
  Mes soucis, tu les partages ;
  Tu prends sur toi mes fardeaux ;
  Du regard tu m'encourages,
  Et tu guéris tous mes maux.

3 Ton beau nom calme et console,
  O Jésus, mon Rédempteur !
  Je savoure ta parole,
  Où ta voix parle à mon cœur.
  Sur toi seul je me repose ;
  Ta promesse me soutient ;
  Avec toi j'ai toute chose,
  Et mon âme t'appartient.

4 Comme toi, oh ! je veux être
  Doux, aimant, humble de cœur,
  Vrai disciple de mon Maître,
  Vrai témoin de mon Sauveur.
  Et quand je verrai ta face,
  Ressuscité, glorieux,
  Oh ! je chanterai ta grâce
  Avec tous les bienheureux.

11. — TEL QUE JE SUIS.

1 Tel que je suis, pécheur rebelle,
  Au nom du sang versé pour moi,
  Au nom de ta voix qui m'appelle,
    Jésus, je viens à toi !

2 Tel que je suis, — dans ma souillure,
  Ne cherchant nul remède en moi,
  Ton sang lave mon âme impure,
    Jésus, je viens à toi !

3 Tel que je suis, — avec mes luttes,
  Mes craintes, ma timide foi,
  Avec mes doutes et mes chutes,
    Jésus, je viens à toi !

4 Tel que je suis, — je me réclame
  De ta promesse par la foi ;
  Au ciel tu recevras mon âme.
    Jésus, je viens à toi !

5 Tel que je suis — ton sacrifice
  A ma place accomplit la loi ;
  Justifié par ta justice,
    Jésus, je viens à toi !

6 Tel que je suis — Dieu me convie,
  O mon Sauveur, pour être à toi,
  A toi dans la mort, dans la vie,
    Jésus, je viens à toi !

12. — AMOUR ET FOI.

1 T'aimer, ô Sauveur charitable,
C'est de mon cœur l'ardent désir ;
Seigneur, ta grâce est redoutable
A qui ne veut pas la saisir.

2 Tu m'aimas d'un amour immense,
O Christ ! que je t'aime à mon tour,
Et n'aspire à d'autre science
Que de connaître ton amour.

3 Christ ! pour moi tu donnas ta vie,
Et, dépouillant ta majesté,
Tu revêtis l'ignominie,
Car tu m'aimas d'éternité.

4 Fais que mon âme aussi réponde
A tant de biens reçus de toi ;
Pour qu'en mon cœur ta grâce abonde,
Reste, ô Jésus, reste avec moi.

5 Et si la nuit voile la terre,
Si le jour est à son déclin,
Jésus, Etoile matinière,
Luit dans mon ciel soir et matin !

6 Céleste maison paternelle,
Quand s'ouvriront tes portes d'or ?
Quand, vers toi, patrie éternelle,
Pourrons-nous prendre notre essor ?

7 O Seigneur, en ce jour suprême
Ton enfant saisira ta main ;
Car toi seul est toujours le même,
Fidèle hier, aujourd'hui, demain.

13. — L'HEUREUX JOUR.

1 Oh! l'heureux jour, où tout mon cœur
S'ouvrit à toi, mon Rédempteur!
D'un cœur nouveau, je veux bénir,
Je veux chanter, me réjouir.

L'heureux jour! L'heureux jour
Où j'ai connu ton grand amour!
Je suis lavé et pardonné!
Mon avenir est transformé!
L'heureux jour! L'heureux jour
Où j'ai goûté ton grand amour!

2 Oh! quel bonheur d'avoir trouvé
Un Sauveur qui m'a tout donné.
Dès maintenant mes chants joyeux
Célèbrent son nom glorieux.
    L'heureux jour, etc.

3 Pour moi désormais tout va bien :
Je suis à Christ, et Il est mien.
Il m'a tiré, je l'ai suivi,
Et tout mon plaisir est en Lui.
    L'heureux jour, etc.

4 Repose enfin, mon cœur, en paix;
Ne l'abandonne plus jamais.
Il conduit les siens sûrement,
Et les sauve éternellement.
    L'heureux jour, etc.

5 O mon Dieu, viens à mon secours,
Pour m'aider à t'aimer toujours.
Conduis-moi par le droit chemin :
Puis montre-moi ta face, enfin.
    L'heureux jour, etc.

14. — LE BON BERGER.

1 Bon Sauveur, Berger fidèle,
Conduis-nous par ton amour ;
Et de ta main paternelle
Nourris-nous au jour le jour.

Béni sois-tu, tendre Maître,
Jésus, nous sommes à toi,
A toi seul nous voulons être,
Béni sois-tu, notre Roi.

2 Dans tes riches pâturages
Apprends-nous à te chercher;
Que sous tes divins ombrages
Nous sachions toujours marcher. *Chœur*

3 Toi qui nous reçus par grâce
Bien que petits et pécheurs,
Par ta puissante efficace
Purifie encor nos cœurs. — *Chœur*.

4 Enfants, nous voulons te plaire,
T'obéir, garder ta loi;
Oh ! pour cela daigne faire
Que nous vivions par la foi. — *Chœur*.

5 Bon Sauveur, Berger fidèle,
Pour que nous suivions tes pas,
Remplis-nous d'un nouveau zèle
Et porte-nous dans tes bras. — *Chœur*.

---

15. — AVANÇONS-NOUS JOYEUX.

1 Avançons-nous joyeux, toujours joyeux,
Vers le pays des esprits bienheureux.
Vers la demeure où Jésus pour nous prie.
Marchons joyeux, c'est là notre patrie.
Avançons-nous joyeux, toujours joyeux,
Vers le pays des esprits bienheureux.

2 Des chants d'amour retentissent aux cieux.
Quels doux concerts! Hymnes des bienheureux,
Nous entendrons votre sainte harmonie
Quand nous aurons atteint notre patrie.
Avançons-nous joyeux, toujours joyeux,
Vers le pays des esprits bienheureux.

3 Là-haut, là-haut, tu nous attends, Seigneur,
Car c'est à toi qu'appartient notre cœur.
« Viens, ô Jésus, » c'est le cri de l'Eglise,
Recueille-nous dans la terre promise.
Là nous serons joyeux, toujours joyeux,
C'est le pays des esprits bienheureux !

4 Ton aiguillon, ô mort, tu ne l'as plus.
Tombeau, déjà nous ne te craignons plus.
Jésus sur toi remporta la victoire,
Il nous ouvrit le chemin de la gloire.
Lui-même dit : « Accourez tous joyeux
Vers le pays des esprits bienheureux. »

5 Heureux bientôt dans un monde nouveau,
Nous prendrons part au banquet de l'Agneau.
Là plus de cris, plus de deuil, plus de larmes.
Plus de péchés, de douleurs ni d'alarmes.
Là nous serons joyeux, toujours joyeux,
C'est le pays des esprits bienheureux.

---

16. — LA CANAAN CÉLESTE.

1 De Canaan quand verrons-nous
    Le céleste rivage?
Vers le Jourdain, entendez-vous?
    Christ nous appelle tous.
    Près de lui doux partage!
    A l'abri de l'orage,
Nous pourrons chanter à jamais
    Le cantique de paix.

Oh ! quel parfait bonheur !
Quel bonheur ! quel bonheur !
Oh ! quel parfait bonheur,
Après tant de labeur !
Pour toujours réunie,
L'Eglise en sa patrie
Entonnera alléluia !
Gloire à toi, Jéhova !

2 Combien alors il sera beau
   D'écouter l'harmonie
Du chœur sacré, louant l'Agneau
   Dans un transport nouveau !
   Quand notre voix unie
   A cette symphonie,
Nous offrirons, tous à la fois,
   Notre hymne au Roi des rois ! — *Chœur.*

3 Vêtus de blanc, les rachetés,
   De Christ, verront la gloire.
Par sa vertu ressuscités,
   Ils diront ses bontés.
   Célébrant sa victoire,
   Son œuvre expiatoire ;
Autour de son trône avec eux
   Nous lui rendrons nos vœux. — *Chœur.*

4 Du grand jour de l'éternité,
   Quand brillera l'aurore,
Tous consommés dans l'unité
   Et dans la charité ;
   A Celui qu'on adore,
   Nous redirons encore :
Digne est l'Agneau de recevoir
   Force, empire et pouvoir ! — *Chœur.*

17. — CANTIQUE DE NOËL.

1 Noël, Noël, jour de clémence,
Ce nom fait battre notre cœur !
Chantons tous notre délivrance,
Voici venir le Rédempteur !

Peuple pécheur, à la mort condamné,
Ne gémis plus, un Sauveur t'est donné !

2 Cette humble crèche de Judée
Où le sage adore à genoux,
C'est la paix au monde accordée,
C'est le salut offert à tous.
   Peuple pécheur, etc.

3 Jésus, notre Ami, notre Frère,
Jésus, le Fils du Tout-Puissant,
Pour unir le ciel à la terre
Revêt la forme d'un enfant.
   Peuple pécheur, etc.

4 Sa vie est un long sacrifice,
Son exemple un don précieux ;
Sa mort nous rend un Dieu propice,
Et c'est pour nous qu'Il règne aux cieux.
   Peuple pécheur, etc.

5 Noël ! qu'aux saints lieux on s'empresse
Pour célébrer un si beau jour.
O terre ! éclate d'allégresse ;
Cieux ! entonnez un chant d'amour.
   Peuple pécheur, etc.

Imp. Lievens, rue de l'Ouest, 84, Paris.

JOURNAUX RECOMMANDÉS

POUR LA FAMILLE :

L'AMI DE LA MAISON

(2 fr. par an).

—

POUR LES ENFANTS :

LE RAYON DE SOLEIL

(2 fr. par an).

JOURNAUX MENSUELS ILLUSTRÉS

On s'abonne : 4, place du Théâtre-Français (Palais-Royal),
Paris.

POUR LES JEUNES GENS :

L'ESPÉRANCE

Journal des Unions chrétiennes de jeunes gens,

Paraissant tous les quinze jours.

(2 fr. 50 par an).

On s'abonne : 27, rue des Chassaintes, Nîmes (Gard).